A cura di Simonetta Vernocchi ed Andreas Aceranti

Istituto Europeo di Scienze Forensi e Biomediche Editore - eFBI

I Edizione Giugno 2017

Copyright Istituto Europeo di Scienze Forensi e Biomediche - eFBI

www.fbi-bau.eu.

Via Pier Capponi, 83, 21013 Gallarate (VA)

Tel. +39 346.631.1059   +39 (0) 331 142.05.42   Fax +39 (0) 331 142.05.39

Immagine di copertina: Francesco Pagliaro

STORIE DI STUPRI

La violenza sessuale dal punto di vista della vittima

Simonetta Vernocchi

Istituto Europeo di Scienze Forensi e Biomediche Editore

Vittimologa o semplicemente vittima

È la seconda volta che qualcuno chiede la mia testimonianza riguardo alla violenza sessuale che ho subito, forse perché ormai riesco a parlarne con un'apparente disinvoltura.

Invece la prima volta che ho raccontato la mia storia avevo molta ansia, è stata la sera del 16 maggio 2013, nel grande teatro di Bergamo, ad un incontro che il sindacato di polizia aveva organizzato come aggiornamento/formazione per avvocati, forze dell'ordine, educatori, psicologi, personale dei gruppi di ascolto e cittadini…per la verità ero stata convocata come relatrice riguardo alle teorie vittimologiche e non come vittima.

Poi, quella mattina, l'organizzatore dell'evento, mi telefona imbarazzato: delle tre donne, vittime di violenza sessuale, che avrebbero dovuto dare la propria testimonianza, evento centrale della serata, nessuna sarebbe venuta, avevano all'ultimo momento addotto varie scuse, e mi chiede se come "vittimologa" avevo casi interessanti da raccontare.

Però era bella l'idea che il pubblico potesse fare domande ad una vittima in carne ed ossa.

"Se vuoi porto la mia testimonianza delle tre violenze subite in pronto soccorso…non sarà come avere tre donne che raccontano, ma sicuramente tre violenze sessuali alla stessa persona vorrà pur dire qualcosa!"

Come dicevo, quel giorno avevo molta ansia, e nel pomeriggio ho avuto un episodio di fibrillazione atriale, sentivo il cuore in gola, un disagio incredibile. Mi sono fatta fare un elettrocardiogramma dalle mie infermiere ed ho potuto constatare che c'era un'aritmia, non mi era mai accaduto prima, né di avere ansia, né il problema cardiologico. Nemmeno nei momenti grande tensione emotiva, per esami, o per situazioni di pericolo, non ricordo sensazioni simili. Non era l'ansia da prestazione, per affrontare il pubblico, era diverso, provavo un disagio profondo, quasi viscerale, un senso di vomito, di ribrezzo, di impotenza, avrei voluto fuggire ma mi sentivo come paralizzata.

Questo per dire che il fatto stesso di dover raccontare un evento tanto intimo, umiliante, personale crea uno stato di agitazione interiore paragonabile come intensità all'evento stesso.

Qualche cosa di simile mi è capitato anche nei giorni scorsi da quando ho iniziato a scrivere questi eventi: non ho sonno, mi sento una strana agitazione interna. Avverto l'urgenza di scrivere, non posso non farlo, è come se le parole mi uscissero da sole.

È vero purtroppo, che le domande, lo sguardo, i commenti di chi ascolta questi racconti, spesso violentano la vittima per la seconda volta...in questo caso anche solo l'attesa di queste domande.

Chi per professione deve avvicinare le vittime, fare loro domande, per redigere un verbale, o per visitarle per attestare l'avvenuta violenza è bene che ne tenga conto.

Siate clementi con me se mi ripeto o se non sono chiara o didattica come al solito.

Abuso sessuale

Sicuramente tutti sanno o credono di sapere cosa sia l'abuso sessuale, se guardiamo nel vocabolario troviamo che *per abuso sessuale si intende costringere una persona a commettere o subire prestazioni sessuali.*

La definizione in realtà è molto più complessa, e cosa debba essere ritenuto abuso sessuale, incesto, pedofilia dipende anche dal punto di vista di chi valuta. Per medici, magistrati, avvocati, psicologi, operatori sociali, insegnanti le parole hanno significati differenti, infatti l'identità professionale e l'esperienza di ciascuno portano ad affrontare il problema in modo diverso.

Le differenze più sostanziali riguardano la pedofilia. Le visioni dei vari professionisti possono essere assai discordanti e produrre fraintendimenti e divergenze sostanziali su aspetti di primaria importanza, come la protezione dei minori o l'apertura di procedimenti penali a carico degli adulti. Sul terreno dell'intervento operativo si pone quindi ancora più forte l'esigenza di una definizione che possa essere largamente condivisa da diverse figure professionali. Per *pedofilia si intende l'abuso sessuale esercitato da uomini e donne che hanno raggiunto la maturità genitale su soggetti in età pre-pubere di entrambi i sessi.* Il DSM IV-TR classifica la pedofilia tra le parafilie ossia nei disturbi del desiderio sessuale, e definisce *pedofili unicamente coloro che, avendo più di 16 anni, presentano attrazione sessuale per soggetti prepuberi, per cui bambini e bambine costituiscono il loro oggetto sessuale preferenziale, o talvolta unico. Non si considera pedofilia se la differenza di età tra gli individui è minore di circa 7 anni e non si considera pedofilia se l'oggetto sessuale ha già raggiunto lo sviluppo puberale.*

Gli atti sessuali compiuti tra adolescenti, preadolescenti o tra bambini non sono atti di pedofilia. Se il minore avesse già raggiunto lo sviluppo puberale come nel caso della pubertà precoce non dovremmo parlare di pedofilia, in realtà si tratterebbe comunque di una parafilia perché la pubertà precoce non comporta uno sviluppo emotivo e psicologico ma unicamente sessuale. La definizione del DSM va sempre vista nel contesto clinico.

La definizione giuridica invece deve rispondere alla duplice esigenza di conciliare la libertà sessuale di un individuo con i diritti degli altri individui e con i valori ammessi dalla collettività e dall'altro canto deve riconoscere i comportamenti in questione nei titoli di legge. È quindi importante chiedersi che cosa può essere correttamente definito come comportamento abusante, tanto più nei confronti di un minore.

Personale medico e paramedico, assistenti sociali, operatori dei centri di ascolto hanno a che fare con il cosiddetto "*numero oscuro*" ossia con tutti i reati che non raggiungeranno mai le aule dei tribunali perché le vittime non hanno la forza, o i mezzi o la consapevolezza necessaria per denunciare i propri violentatori.

L'abuso sessuale è la forma di violenza omnicomprensiva di tutte le pratiche lesive della dignità della persona, comprendendo anche gli altri tipi di violenza fisica e psicologica, e ricordiamo qui le pratiche sessuali mascherate: massaggi, visite non necessarie, clisteri non necessari, esplorazioni rettali o vaginali non necessarie.

La violenza psicologica si verifica ogni volta che vi sia una conoscenza tra offender e vittima, tanto maggiore quanto più stretto è il loro rapporto.

Possiamo anche distingue tra abuso sessuale extra-familiare ed intra-famigliare L'abuso sessuale intra-familiare riguarda anche l'incesto, specialmente tra madri e figli maschi, tra padri e figlie o tra fratelli e sorelle. Oppure l'abuso ad opera di zii, cugini, cognati, generi. In certi Paesi non è neppure da considerare reato l'abuso sessuale intra-famigliare se regolamentato dalle pratiche e credenze religiose.

Inoltre ricordiamo le forme mascherate di abuso, come le inconsuete pratiche igieniche. Protagonisti sono per lo più le madri della famiglia nucleare, sia quelle adottive, affidatarie, matrigne, conviventi, sorelle o le donne della famiglia allargata come le nonne, le zie, le cugine e le amiche strette della famiglia.

La trascuratezza intra-familiare può portare il bambino ad aderire alle attenzioni affettive che trova al di fuori della famiglia: da parte di vicini di casa, conoscenti, amici di famiglia.

Un'altra classificazione distingue tra abuso istituzionale, ed un abuso da parte di persone sconosciute. Nel primo caso le autrici sono le maestre e i maestri, i bidelli e le bidelle, gli educatori e le educatrici, gli assistenti e le assistenti di comunità, gli allenatori e le allenatrici, gli infermieri e le infermiere, i religiosi e le religiose, i sacerdoti, i ministri del culto e le suore e tutte coloro a cui i minori, i disabili, i malati, gli anziani vengono affidati per ragioni di cura, custodia, educazione, gestione del tempo libero, all'interno delle diverse istituzioni e organizzazioni.

L'abuso da parte di persone sconosciute si definisce anche come "*abuso da strada*" e comprende lo sfruttamento sessuale a fini di lucro da parte di singoli o di gruppi criminali organizzati, le organizzazioni per la produzione di materiale pornografico, lo sfruttamento della prostituzione, le agenzie per il turismo sessuale, la violenza da parte di gruppi organizzati come le sette religiose.

Un capitolo a parte merita la poligamia ancora praticata in alcune comunità religiose, come i mormoni, le giovani donne sono di fatto tenute prigioniere, non possono scegliere, spesso in questo contesto coesiste l'incesto.

Vittime e carnefici

Chiamerò "carnefice" o "offender" chi compie violenza perché si abbina bene a far "coppia penale" con la "vittima" (che in questo caso sono io) colei o colui che subisce la violenza.

La sera della presentazione mi ero preparata un discorso coerente, ben articolato, ricco di riferimenti dotti e supporto bibliografico, non potevo sfigurare e dovevo offrire il meglio che la letteratura, in tema vittimologico, ci insegna.

Non potevo immaginare quello che sarebbe successo.

Intendevo riferirmi all'episodio più semplice che mi è capitato e di cui tutti sono a conoscenza perché è apparso anche sulla stampa locale, in modo da non rischiare di violare qualche segreto professionale o offendere qualche primario.

Così da brava operatrice sanitaria -sono un medico, e lavoro in pronto soccorso- volendo condurre io la scena, e non lasciando nulla al caso, avevo preparato nel racconto tutta una serie di congetture che potessero in un qualche modo, giustificare il carnefice e che mettessero bene in chiaro il suo stato emotivo, e come la mia ingenuità, incompetenza, superficialità, inesperienza potessero aver causato l'evento stesso.

Ma non ha funzionato.

Dopo poche battute in cui ho succintamente raccontato l'episodio di quella incredibile notte sono stata sommersa dalle domande.

La violenza è avvenuta in una saletta del pronto soccorso alle 2 di notte o poco dopo, di un venerdì di aprile. Lui aveva 33 anni era marocchino e mi ha costretto tenendomi ferma per il collo, afferrandomi per la mandibola e ad un fianco sdraiata sul dorso sul tavolo dello studio medico....

Le domande che mi hanno fatto erano su per giù queste.

Avvocatessa:

"Ma perché era sola? Come è possibile che l'hanno lasciata sola con un individuo pericoloso?"

Io

"Gli infermieri stavano pulendo il pavimento che era quindi bagnato, non avevo tenuto conto del suo stato e della sua condizione. Avrei dovuto evitare di sbarragli la strada, l'ho fatto perché stava scivolando sul pavimento bagnato, almeno questo ho pensato in quel momento. Lui invece ha intrepretato male, ha pensato che stessi creando un'intimità. Avrei dovuto considerare che il gesto protettivo che avevo fatto con il braccio, nell'intento di non farlo scivolare, poteva essere equivocato."

Avvocatessa:

"Ma lei non ha responsabilità, lei non c'entra, come poteva immaginare, lei stava lavorando."

Io:

"Avrei dovuto considerare che si stava togliendo i pantaloni non per farsi visitare il ginocchio o per fare la pipì, ma per prepararsi a fare altro. Non ho pensato che volesse fare sesso. Avrei dovuto considerare anche questa eventualità, non ci ho proprio pensato. Io non ho guardato le sue parti intime."

Questo fatto di dover a tutti i costi dover giustificare l'offeder e dare una spiegazione per l'accaduto rende la vittima meno vittima, più sicura di sé, più padrona degli eventi, meno in balia della vita.

Avvocatessa:

"Ma lei doveva gridare, chiamare i suoi colleghi, e poi le forze dell'ordine."

Io:

"Avrei dovuto considerare il suo stato emotivo, di notte, solo, in un paese straniero, magari non aveva neppure cenato…"

Counselor del centro d'ascolto:

"Ma almeno lo ha denunciato, si è fatta risarcire?"

Io:

"Avrei dovuto evitare di presentarmi così distratta, ed intenta a fare altro, probabilmente ha percepito che avevamo pochi pazienti e si è sentito autorizzato a fare i comodi suoi."

Non avevo considerato che parte del mio auditorio era personale esperto e dalle domande che mi sono state rivolte ho preso atto che mi avevano smascherato: da vera vittima stavo recitando fino in fondo la mia parte, non avevo rabbia ma compassione e giustificazione per il carnefice.

Ossia la mia persona stessa, era ed è, credo, la prova vivente della validità delle teorie vittimologiche sulla "coppia penale" che vedono in una struttura particolare di personalità una sorta di "predestinazione" per vittime e carnefici.

Questo atteggiamento per me naturale, assolutamente inconsapevole fino a quel momento, faceva "saltare i nervi" letteralmente alla metà delle donne presenti in sala, ed al mio collega ed amico, che accanto a me come relatore, mi ha sottratto il microfono almeno 3 volte impedendomi letteralmente di parlare, forse nell'inconscio tentativo di proteggermi!!!

Mi spiego meglio.

Specialmente le donne presenti avrebbero forse voluto che io mi indignassi, che usassi termini più decisi e diretti per condannare la violenza, ma io percepivo una "zona grigia" tra il bene ed il male, tra il giusto ed l'errore, tra ciò che è morale e ciò che non lo è, e vedevo, il mio carnefice ed io, entrambi in quella zona. Più mi sforzavo di dare spiegazioni sulla violenza, più le donne presenti erano sconcertate ed irritate. Io non capivo la loro rabbia, la loro indignazione.

Del resto non provavo e non provo rabbia nei confronti dei carnefici, mi sento invece molto delusa dalle istituzioni.

Il fatto positivo è che con il tempo non ho più sensi di colpa. Non dico per questo evento del pronto soccorso, accaduto quando avevo 30 anni, e potevo ben difendermi, ma per gli altri che mi sono capitati quando capivo poco, ma percepivo un senso di colpa devastante.

Forse davvero io "non posso capire," sono strutturalmente diversa e non ho gli strumenti psicologici per rendermi conto quando una violenza mi riguarda da vicino.

Comprendo che, ciò che mi è accaduto, è grave, non è bene parlarne, è un fatto "privato" ma non riesco a darne un giudizio morale, di condanna sicuro, non riesco a non pensare alla mia parte di responsabilità.

Se lo recepisco come fatto intimo e privato allora perché decidere di pubblicare? Perché parlarne in una grande sala?

Ora ho 50 anni, ho capito che il problema non è solo mio, ci sono molti che vivono in questa situazione e non "comprendono," non è un fatto raro, forse la mia esperienza può aiutare.

L'auto-aiuto, l'empatia, la condivisione hanno un senso ci fanno sentire la "fratellanza," mi sento molto vicina a tutti coloro che hanno una struttura vittimologica.

Mi sento vicina alle minoranze, non solo ai gay eruditi, ma anche a quelle sgradite, spiacevoli.

Ieri la mia collega diceva *chiudi la porta dello studio perché ci sono i Rom* e io le rispondevo di impulso senza rifletter su quello che stavo per dire: *non ho paura dei Rom ma della caposala*, già la caposala...spesso in ospedale la forte gerarchia crea situazioni che viste da fuori fanno sorridere… la caposala (e anche il primario per certi aspetti), detiene il potere come fosse un feudatario su un feudo, nello specifico la caposala non condivide che teniamo i camici e gli zoccoli nello studio medico, ma avendo trovato le bisce d'acqua negli spogliatoi, almeno in estate, preferiamo avere i nostri effetti personali a portata di mano, per non trovare una biscia in una ciabatta.

Il disagio nei confronti di chi detiene il potere e rappresenta l'autorità non vale solo per le gerarchie degli ospedali.

Anni fa ho avuto un incidente d'auto non grave, a Segrate, appena all'uscita della tangenziale Est, ho investito il marciapiede ed ho rotto un copertone. Siccome avevo urgenza di recarmi in ospedale ho lasciato l'auto e ho proseguito a piedi. Due operai di nazionalità albanese mi hanno aiutato a portare la macchina a bordo strada e a chiamare un gommista. Ecco che mi si affiancano due poliziotti: lì ho avuto paura. Ho temuto volessero multami per l'incidente o per non so cosa. Sì le autorità, le forze dell'ordine a volte fanno paura, se un'autorità non è rispettosa della persona fa paura, è un potere vuoto. Anche ora se dovessi scegliere a chi rivolgermi in caso di bisogno le forze dell'ordine o il mio primario non sono né al primo posto, né nella lista.

Fattori predisponenti all'azione violenta

I cosiddetti *"fattori di violenza sessuale"* sono stati individuati in caratteristiche individuali, famigliari, sociali e culturali.

Tra le caratteristiche individuali consideriamo il basso livello di autostima, lo scarso controllo dell'impulso, l'esser vissuti in una famiglia abusante e l'aver assistito o subito abusi.

Le dipendenze specie da alcool e da droghe giocano un ruolo importante sia come fattore di rischio sia come elemento predisponente alla violenza.

Anche aver subito eventi stressanti come la perdita di un lavoro o la morte di un familiare possono predisporre ad agire la violenza.

Le caratteristiche della comunità in cui la famiglia è collocata, come la povertà, l'assenza di servizi per la famiglia, l'isolamento, la mancanza di coesione sociale, alti livelli di disoccupazione, abitazioni inadeguate e violenza nella comunità contribuiscono ad aumentare il rischio.

L'elemento decisivo pare sia che il genitore/adulto abusante abbia avuto nella propria infanzia esperienze di abuso o di trascuratezza.

La ripetitività dell'abuso o *"ciclo intergenerazionale"* della violenza sembra essere, infatti, l'aspetto più costante e caratteristico delle storie di famiglie che compiono maltrattamenti o abusi, dove l'azione violenta o di trascuratezza viene trasmessa da una generazione all'altra.

La sessualità femminile nella nostra società occidentale, forse per le influenze dell'educazione cattolica, è stata persistentemente negata, almeno nella sua complessità, ed è stata vista in funzione quasi esclusivamente della procreazione. La componente della sessualità relativa al desiderio sessuale femminile è stato ritenuto non necessario, sconveniente, e negato. La genitalità femminile stessa è stata ritenuta utile solo nella donna fertile.

Ancora peggio la sessualità femminile è vista ancora oggi in molte comunità e culture come funzionale al godimento sessuale maschile oltreché con funzione di procreazione.

Storicamente esiste ed è descritto l'abuso sessuale operato da uomini e donne già nell'antica Grecia a Sparta, a Lesbo ed in molte città uomini e donne adulti avevano amanti tra gli adolescenti e le adolescenti. Invece l'abuso sessuale eseguito da donne su uomini è stato parte integrante di molte culture. Un esempio di questi abusi era la masturbazione per tranquillizzare un bambino irritabile che poi poteva sfociare in una relazione incestuosa. In alcune società amerinde, le madri masturbavano abitualmente i figli senza che questo venisse considerato un atto sessuale ma assimilabile all'allattamento al seno. Oppure l'incesto tra padre e figlia veniva considerato la regola nelle tribù primitive con promiscuità sessuale.

Nel corso della storia il bambino non è sempre stato considerato un essere con una dignità propria e bisognoso di affetto, guida e sostegno da parte della famiglia, ma come "oggetto" di proprietà dei genitori e della madre in particolare. Fino alla metà del Novecento l'abuso sessuale sui minori non è stato considerato.

Pronto soccorso luogo pericoloso

Gli episodi di violenza sessuale che ho subito sono almeno 3, dico "almeno" perché ad essere veramente onesta, sono molti di più, in sala quel giorno di maggio, ne ho descritti solo 3, perché erano i più recenti, e tutti capitati nei pronto soccorso di ospedali differenti.

Il pronto soccorso è un luogo pericoloso e si sa che gli operatori sono esposti al rischio di essere aggrediti dall'utenza, dai pazienti raramente e dai parenti dei pazienti più spesso.

Elena Spini, la mia amica, suora infermiera, ha fatto un bellissimo studio tra gli operatori dei pronto soccorso dei maggiori ospedali di Roma: risultato più della metà di infermieri e medici ha subito violenza.

Dai dati dello studio emerge che raramente si tratta di violenza sessuale (apprezzamenti volgari, palpeggiamenti più o meno espliciti, riferimenti volgari), più spesso si tratta di insulti, ingiurie, provocazioni, quindi una violenza verbale (rifermenti alle origini, al colore della pelle, alla pronuncia, parolacce), alcune volte una aggressione fisica con spinte, pugni, strattonamenti, calci, graffi e molto spesso psicologica: minacce, pressioni psicologiche.

Lo studio ha poi preso in considerazione le emozioni che le violenze subite suscitano negli operatori e tra tutte la rabbia. Il tutto per concludere nel divario tra prestazioni effettuate (tempestive e di eccellenza, abbiamo un sistema sanitario che nell'urgenza/emergenza fornisce gratuitamente le stesse identiche cure a chiunque ne abbia bisogno) e malpratica percepita.

Quindi non stavo dicendo nulla di nuovo. Raccontavo qualcosa che tutti si aspettavano, plausibile, già accaduto tante volte in tutte le parti del mondo.

L'operatore che sceglie di lavorare in pronto soccorso lo fa per i motivi più differenti ma certo non per denaro, è un lavoro mal pagato. Sicuramente c'è un desiderio di mettersi alla prova, di confrontarsi con esperienze forti, sempre diverse. Si può davvero lottare per la vita, per una diagnosi corretta, che fa la differenza tra la vita e la morte, o tra qualità di vita.

Di solito il personale del pronto soccorso fa squadra più che in ogni altro reparto, nell'urgenza "chi sa fa," indipendentemente dal ruolo. Le esperienze passate e le competenze di tutti sono valorizzate. Ci possono essere momenti di calma in cui si può far gruppo magari davanti ad una pizza, o riposare, o studiare, e momenti di lavoro frenetico.

In tutti i numerosi pronto soccorso in cui ho lavorato il paziente è stato sempre posto al centro, il lavoro in pronto soccorso è davvero vissuto da tutti medici, infermieri ed OSS, un servizio alla comunità.

Prima si pensa al paziente e poi agli operatori, alle comodità, ai soldi, alle timbrature... Anche dopo la pessima esperienza che ho avuto, ed era la mia prima esperienza di pronto soccorso e la prima volta che venivo aggredita, non ho chiesto di cambiare reparto.

Non ritengo il personale particolarmente responsabile dell'accaduto, certo non siamo tutti eroi, c'è chi si espone di più e chi invece preferisce le retrovie, ma siamo sempre tutti pronti per dare assistenza.

Il tempo dedicato alla formazione è tempo di cura

L'intento che mi prefiggo è formativo e terapeutico allo stesso tempo.

Qui non si tratta di parlare in pubblico ma di uno scritto, e se il lettore lo desidera può smettere di leggere in qualsiasi momento, posso essere sincera e fedele all'accaduto fino in fondo. Inoltre ho la certezza dell'anonimato, i miei figli, il mio amico, i miei parenti non leggeranno mai.

È terapeutico due volte: per me che scrivo e per chi legge se malauguratamente ha anch'egli una struttura psicologica vittimologica.

Per me che scrivo, raccontare scrivere narrare è sempre terapeutico. Scrivere ti apre la mente, ti costringe ad affrontare i problemi irrisolti, talvolta ti fa stare bene, ti riconcilia con il tuo io più profondo; talvolta ti mostra le tue incapacità ad evolverti, ti rende esplicito il corto-circuito in cui ogni tanto si può incorrere.

Ritengo che avere una struttura vittimologica sia proprio una incapacità ad evolversi, a migliorarsi, a non ripetere gli errori del passato. È un corto circuito: credi di aver capito, credi di essere migliore, di esser più forte, più vecchia, più saggia…ma poi ti rendi conto che non è così ed a distanza di anni ripeti gli stessi errori e ti ritrovi nelle identiche situazioni.

E poi c'è anche chi non è ancora giunto a comprendere cosa gli sia capitato. Chi ha subìto e "non sa che ha subìto" non ricorda, ha rimosso, nega.. per queste persone avere uno "specchio" può diventare strumento di consapevolezza. Chissà magari ci sono donne uomini bambini che subiscono senza sapere di subire, stanno male senza neppure accorgersi.

Provano rabbia, depressione, sconforto e non sanno perché, non sanno dare un senso al proprio malessere. Oppure vivono prigionieri dei propri sensi di colpa oppure prigionieri della vergogna senza saperne il motivo e senza potersene liberare.

Se invece interiorizzano i comportamenti abusanti subiti, le ripropongono alle generazioni future.

E poi c'è chi lavora nella relazione d'aiuto. Aiutare le donne, gli uomini o i bambini violati, non è semplice, chi si accinge per professione o per necessità o per interesse personale dovrebbe tener conto di tutta una serie di fattori che, di fatto, si conoscono poco.

Lo scopo ultimo che mi prefiggo con questo scritto è quindi terapia. Il tempo dedicato alla formazione è tempo di cura.

Si tratta di "formazione", raccontare il punto di vista della vittima, concentrarsi sulle emozioni, sugli stati d'animo per tentare di mostrare il punto di vista di chi subisce, approfondire quindi la "vittimologia."

L'impotenza appresa

Spesso si tende a giudicare il comportamento delle vittime con superficialità attribuendo per esempio all'educazione, alla cultura, all'istruzione l'incapacità di ribellarsi. Addirittura nel descrivere il maltrattamento intra-famigliare si parla di *impotenza appresa* per descrivere la difficoltà che hanno le vittime nel ribellarsi, e si ipotizza che nel corso della vita la reiterazione dei soprusi mai condivisi, mai comunicati, mai smascherati, mai commentati ma considerati "fatto normale" rappresenti il principale fattore che contribuisce alla reiterazione.

Si parla di *sindrome di Stoccolma* per giustificare la resistenza che molti hanno nel denunciare i propri aguzzini. Ossia esisterebbe una sorta di adattamento per cui chi è stato tenuto in ostaggio per molto tempo, mesi o anni, giunge a condividere il punto di vista del suo offender fino a giustificarlo e addirittura ad innamorarsene.

Si dice che le donne ed anche gli uomini vittime di violenze intra-famigliari, senza avvedersene scelgano un partner che assomigli nei difetti al genitore che ha compiuto vessazioni. Il fatto di non rendersene conto perpetua il ciclo della violenza.

L'abitudine a sopportare a tener duro anche nelle situazioni più scabrose e difficili rende le persone tenaci, crea la "resilienza" per cui diventa difficile una volta fatta una scelta decidere di tornare indietro e buttare tutto all'aria.

Mi spiego.

Le donne che hanno "scelto" inconsapevolmente un marito collerico che assomigliava al proprio padre violento, tenderanno a non lasciarlo perché vorrebbe dire ammettere il proprio fallimento.

Riconoscere la violenza, sia quella del padre che quella del marito, vorrebbe dire separarsi, diventare indipendenti economicamente e psicologicamente, dividere i conti, fare la separazione dei beni, se ci sono i figli? E la casa? E il mutuo? E le bollette? Cosa diranno i vicini ed i parenti?

Tanto alla violenza ci si abitua, e poi si può sempre pensare che sia un po' colpa nostra...lo sai che "è fatto così."

Quando è nervoso devi lasciarlo stare. Non sopporta i rumori forti, non sopporta il pianto dei bambini, non sopporta le chiacchiere, non sopporta la musica, non sopporta la tua presenza, non sopporta che gli parli dei conti da pagare, non sopporta che gli parli delle spese, della casa, delle bollette, del lavoro, è stanco.

Ma non sopporta nemmeno che parli delle vacanze, non sopporta che parli dei figli, non sopporta che parli.

Non sopporta che muovi l'aria, non sopporta il tuo respiro, trattienilo.

Chi tra i miei lettori ha una struttura vittimologica può capire. Quante volte abbiamo cercato di "non muovere l'aria" per non "scatenare l'apocalisse".

Sì, l'impotenza si apprende con una vita di violenza domestica non riconosciuta.

Una decina d'anni fa mio suocero voleva venire a trascorrere da noi la convalescenza dopo un ricovero in cardiologia per un episodio di scompenso cardio-circolatorio. L'idea non mi faceva impazzire di gioia, ma decidiamo, mio marito ed io, sentito anche il parere dei bambini, di accettare comunque di buon grado. Questo nonno scontroso, burbero ed un po' altezzoso, viveva solo in una grande villa bellissima ed immersa nel verde. La ragione della mia perplessità stava nell'esperienza precedente. Tre anni prima era già venuto a vivere da noi per qualche settimana per un problema di sciatalgia ed era stato un vero "disastro," non tanto per me o per i figli che si adattavano a tutto, quanto per mio marito che non sopportava il modo trasandato che aveva suo papà di trattare la casa. Mi spiego: lasciava la biancheria intima sporca nel letto, dormiva con le scarpe, lasciava piatto, bicchieri, scodelle con residui di cibo dove capitava.. forse abituato ad avere una domestica non se ne rendeva conto, ma noi che lavoravamo tutto il giorno, pur con 3 figli piccoli, non avevamo alcun aiuto esterno per le pulizie.

Speriamo che questa volta sia diverso, pensavo tra me e me.

Il giorno della dimissione dalla cardiologia mio marito e mia cognata andarono a prenderlo in ospedale. Al tempo lavoravo in pronto soccorso e di solito facevo il turno di pomeriggio, ma per essere a casa ad accoglierlo ho chiesto un cambio. Dal pomeriggio 14-21, mi sono scambiata 7-14. Il che voleva dire alzarmi alle 6 organizzare il trasporto dei figli che andavano in 3 scuole diverse: il piccolo in prima elementare, il secondo alle medie e la terza al Liceo, dove di solito li accompagnavo io in auto. Ritornata dal pronto soccorso e recuperati i figli da mia mamma dove mi aspettavano, organizzai la cena e la camera per lui: ricordo di aver cucinato della carne di manzo, tenera, impannata perché sapevo che gli piaceva. Mia figlia maggiore aiutò a pulire la camera per il nonno, il figlio di mezzo cedette il suo letto, e mise le lenzuola pulite, il piccolo si defilò dalle faccende con il pretesto di sistemare i giochi e riordinarli per il nonno in arrivo.

Alle 22 nessuno si era ancora visto. Nessuna telefonata, noi –i miei figli ed io- avevamo comunque cenato alle 20. Alle 22.20 circa arrivano loro 3: mio suocero, mio marito e mia cognata. Noi stavamo dormendo sul divano tutti e 4, "spiaggiati." Aprii gli occhi, salutai, la cena era ancora sul tavolo apparecchiato, protetta da una tela leggera, loro però avevano già cenato altrove. Salutai, forse poco calorosamente. Ero davvero stanca. Ricordo che se ne andarono nella camera preparata. Nel dormiveglia sento discutere. Ricordo che mio suocero uscì di casa rincorso da mio marito, che tornò alle 2 e mezza di notte furioso. Gridò qualcosa tra i denti, con un calcio ruppe la gamba del tavolo di legno massiccio. Noi eravamo ancora tutti e 4 sul divano, i figli spaventati non capivano, ed io nemmeno, cosa fosse successo. Mio marito si aggirava per la casa furioso con la testa nelle spalle e la fronte bassa come volesse prendermi a testate. Imprecò più volte contro di me tra i denti. Disse cose che non ricordo. Invece ha ripetuto e ricordo bene la frase:

"non hai incrociato il suo sguardo."

Sono colpevole di non avere incrociato il suo sguardo.

"Non si è sentito accolto."

Preferisce passare la convalescenza da solo, nella sua bella e grande villa sul lago, accudito da una domestica a pagamento piuttosto che con noi in famiglia perché non si è sentito accolto.

Credo che questo sia un episodio di violenza domestica.

Nessuno ha picchiato nessuno.

Non ricordo se ho o meno incrociato lo sguardo di mio suocero.

Alla luce di quello che è capitato 8 anni più tardi –mio suocero si è suicidato- il problema di mio suocero non ero certo io. La mia struttura vittimologica anche in quella circostanza mi ha eletto vittima, era facile dire che era colpa mia, tanto io avrei trovato dentro di me qualche motivo per farmi crescere un senso di colpa nei suoi confronti... ero abituata ad attribuirmi responsabilità non mie.

E così è stato per anni.

Avrei dovuto insistere a chiamare le mie cognate per sapere l'ora di arrivo ed i motivi del ritardo. Avrei dovuto discutere prima con mio marito e chiarire meglio le difficoltà nell'accogliere un uomo molto ingombrante e comunque che necessitava di spazi propri. Avrei dovuto andare io in ospedale a prenderlo. Avrei dovuto prevedere che mio marito non avrebbe retto la tensione che c'è sempre stata tra lui e suo papà. Avrei dovuto correrdi dietro quando sono usciti, implorandogli di tornare.

Se ricordo bene questo però ho tentato di farlo, gli ho detto che faceva troppo freddo per andare in giro in macchina di notte, di restare almeno qualche giorno. Che eravamo tutti stanchi ed era tardi, era meglio dormire....

Forse non sono stata convincente.

Le teorie vittimologiche

Non solo la teoria dell'impotenza appresa ma anche le teorie vittimologiche aprono questioni complesse, ancora non c'è consenso. Anzi c'è davvero confusione.

La disciplina che indaga le caratteristiche che ricorrono più spesso nelle vittime si è affermata grazie all'osservazione sistematica di popolazioni omogenee di persone vittimizzate, nel tentativo di riuscire a prevenire ed individuare i fattori di rischio. Dall'elaborazione di questi dati sono state stigmatizzate le principali teorie vittimologiche che noi riportiamo consapevoli dei limiti che si possono avere per un uno studio siffatto.

La prima osservazione riguarda la fonte dei dati, la vittimologia utilizza anche fonti non ufficiali affinchè possa emergere il "numero oscuro" ossia quel sommerso che è infinitamente più grande dei dati denunciati.

Le principali teorie vittimologiche sono 4, così denominate:

1.   la teoria della *"propensione alla vittima"*,

2.   la teoria dei *"fattori ambientali"*

3.   la teoria dell'ipotesi del *"mondo giusto"*

4.   la teoria della *"predisposizione della vittima"*.

Teoria della propensione alla vittima

La teoria della cosiddetta *"propensione alla vittima,"* identifica la vittima come co-responsabile della sua condizione. È un modo altamente moralistico di attribuire una parte di responsabilità alla vittima che può perfino giungere alla colpevolizzazione della vittima stessa, che diventa complice: *"se lo è cercato, l'ha voluto lei."* In base a ciò, l'esistenza del numero oscuro è scontata.

Chi si cerca e si crea una situazione scabrosa:

"poi non può certo chiedere aiuto ed empatia. Se metti la minigonna e ti vesti in modo provocante non puoi poi lamentarti se ti violentano, se abusano di te, se si rivolgono a te in modo volgare e ti chiamano la puttanella di via Brunelleschi."

Questo è un modo veramente moralistico per liquidare i problemi, attribuendo alla vittima la maggior parte di responsabilità. Pensiamo agli abusi all'infanzia:

"sì, se avessi avuto uno sviluppo puberale ritardato, il mio maestro di V elementare non avrebbe avuto la tentazione di tenermi sulle sue ginocchia, toccarmi le mammelle e di schiacciarmi tra le mani quelli che erano solo dei bottoni non più grossi di una ciliegia."

O anche nell'adolescenza:

"come potevo dire che mio zio, il fratello preferito di mia mamma, scapolo di 35 anni, si era innamorato di me? Certo avevo 12 anni e purtroppo ero sempre solare, bellina, ero magra, alta, ero per lui una tentazione, se fossi stata brutta, sciatta, coi denti storti e sporchi non mi avrebbe certo baciato come si bacia una donna."

Teoria dei fattori ambientali

La teoria dei *"fattori ambientali"* ipotizza che, sia l'ambiente che il contesto sociale, possano condizionare o favorire la possibilità di una vittima di incontrare il suo aggressore. Il tempo ed il luogo sono fondamentali affinché una vittima sia identificata come tale. È pur vero che trovarsi nel luogo sbagliato al momento sbagliato può fare di chiunque la vittima designata. Nel caso del bullismo vittima e bullo sono nello stesso gruppo dei pari, e possono trovarsi nello stesso *"non luogo."*

Nel caso delle violenze in pronto soccorso la circostanza di avere più persone in sala attesa, confinate in uno spazio ristretto, a cui è stato attribuito un codice colore non prioritario, verde o bianco, ma che stanno male e che esprimono comunque e platealmente un disagio, crea l'ambiente adatto alla violenza. Se consideriamo che il paziente con codice colore non prioritario, vede gli altri malati, giunti in un secondo momento ma con codici di priorità maggiori, o disabili, o minorenni, o gravide o anziani, passargli avanti: possiamo ritenere sufficiente questo contesto per creare la miscela esplosiva per lo scatenarsi della rabbia. Non sapere quanto ancora si dovrà attendere, è frustrante.

Se si tratta di un parente che attende in sala d'aspetto lo stato emotivo può essere sostenuto anche dallo stato d'allerta, l'ansia di non sapere in che condizioni sia il nostro congiunto che invece è stato fatto entrare in sala visite magari da ore.

La rabbia e la frustrazione andranno a colpire il malcapitato triagista di turno, ignaro di cosa ha scatenato le ire del paziente o del parente del paziente, e tenterà una maldestra opera di contenimento.

Teoria o ipotesi del mondo giusto

L'ipotesi del "*mondo giusto*" ossia la credenza per la quale le persone dovrebbero subire ciò che si sono meritate in una sorta di equilibrio di forze universali. Sfortunatamente, l'ipotesi del *mondo giusto* si associa anche alla tendenza delle persone ad emarginare i sopravvissuti a una tragedia o a un incidente, come le vittime delle violenze sessuali e della violenza domestica per rassicurare se stessi sulla insormontabilità di tali eventi. Questa teoria non è per nulla rispettosa delle vittime che si vedono condannate dalla società anziché protette e tutelate.

È un modo di vedere la vita che rassicura chi sta bene: ognuno dalla vita ha quello che si merita, un'idea veterotestamentaria di concepire il senso di giustizia: le colpe dei padri ricadranno sui figli fino alla generazione numero…..

Teoria della predisposizione della vittima

La teoria più recente utilizza il termine *"predisposizione della vittima"* anziché propensione. Questa teoria non attribuisce alcuna colpa alla vittima, ma piuttosto si concentra sulle interazioni che vedono lui/lei più vulnerabile ad un certo tipo di reato.

Mentre la *"propensione alla vittima"* sottintende un'idea di colpevolizzazione della vittima, la *"predisposizione della vittima"* è lo studio sistematico degli elementi che rendono la vittima più vulnerabile agli attacchi dell'aggressore identificando la cosiddetta *"coppia penale"*.

Viene anche ipotizzata *l'interazione simbolica tra vittima ed aggressore,* una dipendenza psicologica tipo *"Sindrome di Stoccolma"* che può instaurarsi, ma ciò senza sollevare in alcun modo l'aggressore stesso dalle proprie responsabilità.

Questa teoria tiene conto anche dei fattori ambientali che possono contribuire a predisporre ad essere vittima.

Per studiare e comprendere la predisposizione ci si avvale della ricerca scientifica e della statistica. In particolare, l'analisi delle reti sociali, della sicurezza urbana e l'intervento delle forze di polizia locale permettono di comprendere come un'area sociale diventi più a rischio rispetto ad altre.

Si possono creare profili geografici per determinare dove gli incontri siano più rischiosi per modificare le abitudini e stimolare l'opinione pubblica a modificare i comportamenti.

L'analisi dei dati dimostra anche che riguardo alla violenza sessuale le persone sono più predisposte ad essere vittimizzate da qualcuno che conoscono di solito il partner o l'ex partner. Nel caso della delinquenza minorile, i reati più frequenti commessi da adolescenti sono proprio la violenza sessuale e la violenza di gruppo ai danni di qualcuno che è conosciuto. Gli adolescenti vittimizzano le persone che non conoscono generalmente quando commettono aggressioni, rapimenti, rapina a mano armata e furto con scasso, ma non violenza sessuale.

Le statistiche ci dicono che il 70% delle vittime di violenza sessuale conosce l'offender: nel 20% è un amico, nel 16% è il marito, nel 14% è il fidanzato, nel 9% sono colleghi, vicini, fornitori.

Durante l'aggressione le vittime: gridano aiuto 11%, scappano 20%, lottano 20%.

Nel 30% dei casi l'aggressione avviene a casa della vittima.

Circa i momenti a rischio vediamo che i mesi più frequenti sono giugno, luglio e agosto, i giorni più frequenti sono quello del fine settimana, gli orari più frequenti sono tra le 20 e le 2 di notte.

Solo il 10% delle donne violentate denuncia l'aggressore, solo il 5% dei colpevoli andrà in carcere, il 48% dei casi verrà archiviato prima del processo.

L'FBI statunitense ci segnala che il 70% dei violentatori ha precedenti penali di solito per aggressione, rapina, omicidio, ma i dati non tengono conto del numero oscuro. Sempre secondo le statistiche dell'FBI nel 30% dei casi viene usata un'arma, 25% una pistola, 44% un coltello, spesso la vittima dello stupro viene uccisa in modo preterintenzionale o volontario.

Riguardo agli offender si segnala che dopo aver scontato la pena il 52% dei condannati viene nuovamente arrestato nel giro di 3 anni per altro grave reato.

Oltre il 97% degli sex offender nelle statistiche ufficiali risulta essere di genere maschile solo il 3% di genere femminile, se si considera il numero oscuro forse queste cifre possono essere molto differenti.

Pensiamo alle *mantidi religiose e vedove nere* che hanno interessato ampiamente la letteratura, invece circa la pedofilia femminile esistono pochissimi studi, e pochissime denunce relative.

Circa le differenza di genere esistono luoghi comuni che vedono le donne vittime e gli uomini offender. Se utilizziamo il numero oscuro troviamo una differenza uomo-donna meno evidente, molto più sfumata.

Si legge nei libri di criminologia, e quindi si presume che il dato derivi dai casi denunciati, che il 97% dei casi di pedofilia siano opera di uomini e il 3% di donne. Ma se si analizzano gli studi ISTAT e si incrociano coi dati raccolti dalle associazioni di volontariato che si occupano del problema, si calcola che oltre il 95% dei casi di pedofilia femminile non raggiungano l'evidenza e che il 25% dei casi di pedofilia siano opera di donne. Le statistiche ufficiali utilizzano solo i dati raccolti dalle Forze dell'Ordine e di conseguenza è difficile dare un senso completo e trarre conclusioni prendendo una parte per il tutto.

Le donne sono anche ritenute determinanti anche nello sfruttamento della prostituzione, sia come complici maschili che direttamente, anche se la figura del "protettore" è quasi esclusivamente maschile. Se si considerano gli abusi condotti sulle prostitute specie quelle che giungono in cerca di fortuna, dai paesi in via di sviluppo, sono eseguiti prevalentemente da uomini loro conterranei, ed il contributo femminile può essere determinante nell'adescare e mantenere in soggezione le altre donne.

Se ad essere abusati sono adolescenti maschi, questi sono poco portati a raccontare, e ancor meno a denunciare, fatti relativi all'abuso subito ad opera di una donna, poiché dal punto di vista di un errato senso dell'onore maschile, ne "andrebbe della propria virilità", temendo di essere ridicolizzati per non aver apprezzato i favori femminili.

Del resto anche l'abuso omosessuale è molto poco denunciato per gli stessi motivi: senso dell'onore, paura di essere ridicolizzati.

Nell'abuso su adolescenti che hanno superato la fase puberale, si dovrebbe parlare di *efebofilia o ninfofilia* se si tratta rispettivamente di maschi o femmine.

La relazione di conoscenza tra la vittima ed abusante risulta molto significativa: globalmente gli e le offender appartengono al contesto amicale della vittima nel 36% dei casi, al contesto familiare nel 28% dei casi, risulta essere una sconosciuta nel 19% dei casi ed una conoscenza tramite la rete nel 4% dei casi. Globalmente la vittima conosce l'offender nell'64% dei casi sempre secondo i dati ISTAT.

Heddina

Dicevamo che il pronto soccorso è un luogo pericoloso e che i tre episodi che ho raccontato nel maggio bergamasco si sono svolti proprio lì.

Siamo nel 2000, dopo l'esperienza nel campo della ricerca all'Ospedale San Raffaele di Milano voglio mettermi alla prova e scelgo il pronto soccorso.

Il pronto soccorso è in un piccolo ospedale di 160 letti, ma c'è tutto: cardiologia, terapie intensiva, pediatria, punto nascita, medicina, chirurgie, ortopedia. Di notte, per il pronto soccorso sono in servizio su chiamata e soggiornano in reparto, un medico internista ed un chirurgo, mentre due infermieri ed un OSS presiedono nelle sale del pronto soccorso stesso. In ospedale ci sono anche rianimatore, cardiologo, ginecologo, pediatra.

Alle 2.30 di venerdì, turno di notte, sono in pronto soccorso come pazienti una signora con scompenso cardio-circolatorio che ha in corso la terapia ed attende gli esami, un paziente con colica renale che ha in corso la terapia. Io sono il medico di guardia, indosso la divisa completa: pantaloni di tela bianchi, maglietta bianca, camice bianco con cartellino identificativo plastificato, posto nel porta cartellino in plastica rigida trasparente, ed affisso alla tasca sinistra del camice, calzini bianchi corti. Questi calzini definiti dal mio ex fidanzato - ironia della sorte- *calzini da Simo o antistupro,* li ho spesso indossati con le scarpe da ginnastica ed i pantaloni corti, avendo polpacci muscolosi ero l'antitesi dell'erotismo.

Durante il turno di notte spesso studiavo. Stavo ordinando i dati raccolti, durante i mesi di pronto soccorso, sui pazienti giunti in stato di coma, da presentare al congresso di Pavia della SIMEU (Società Italiana di Medicina di Emergenza ed Urgenza), i dati secondo me, bellissimi, inattesi mi permettevano di formulare un algoritmo diagnostico nuovo. Un lavoro questo che mi interessava molto e richiedeva concentrazione, anche perché al San Raffaele avevo imparato ad usare i programmi di statistica, ma sempre con la supervisione del professor Bianco Sebastiano, e sempre in laboratorio pneumologico. Qui erano dati raccolti sul campo, in tema neurologico ed ero da sola: c'era o non c'era qualcosa di significativo? I fogli numerosi erano sparsi sulla scrivania e raggruppati per patologia con molto ordine.

Arriva un'ambulanza, scarica un uomo di colore sulla trentina, dice di aver male ad un ginocchio è in evidente stato di ebrezza, l'alito è fortemente alcolico.

Un infermiere sta lavando il pavimento della sala chirurgica, il pronto soccorso è vuoto a parte i due pazienti che hanno in corso le terapie, nelle astanterie. Dell'OSS e del secondo infermiere nessuna traccia. I volontari del soccorso se ne vanno. Chiedo al paziente cosa abbia,

"male ad un ginocchio"

"si accomodi sul lettino."

Invece che verso il lettino si dirige verso la porta della sala chirurgica, il pavimento è bagnato, chiudo la porta per evitare che scivoli…allora si dirige verso la mia scrivania e si slaccia cintura e pantaloni. Abbassa i pantaloni, non guardo cosa indossa sotto i pantaloni, penso che stia per fare pipì sulla scrivania, sulle mie carte, sui miei dati…proteggo immediatamente i dati facendone una pila in uno scaffale e mi sposto velocemente.

Ecco che accade: lui si volta di scatto, mi afferra con la mano destra protesa verso la mammella sinistra, sulla tasca è fissato il cartellino plastificato, che spacca di netto a metà, con l'altra mano mi afferra al collo e si precipita su di me piegandomi la schiena sulla scrivania.

Era sopra di me col suo corpo.

Lascia il cartellino a terra e con la mano afferra il mio fianco sinistro affondando le unghia nella pelle, non sono magra, mi pinza pelle e tessuto adiposo.

Mi morsica il labbro inferiore nel tentativo di baciarmi, di tenermi ferma, sento sapore di sangue, odore di alcol e odore di fogna.

Penso che mi può trasmettere qualche malattia, che potrebbe rompermi l'osso del collo.

Penso che sono sola, che devo stare calma perché ho 3 figli e non voglio morire.

Cerco di parlargli con dolcezza mentre lui mi tocca, cerca di abbassarmi i pantaloni della divisa. Mi divincolo ma non riesco a liberarmi, è più forte di me, più alto di me, mi è addosso con il suo peso. Cerca sotto i pantaloni il mio corpo nudo. Per cercare di penetrarmi lascia il mio collo. Mi afferra per l'emi-mandibola sinistra. Allora con tutta la forza che ho, affondo una ginocchiata nelle sue parti intime, sperando che lasci il mio collo ed il mio corpo.

Lì vicino, sulla stessa scrivania c'è il telefono. Lo prendo chiamo il centralino.

"I carabinieri fateli venire subito."

"Glieli passo."

"No, fateli venire."

Mi strappa il telefono, lo tengo alla larga. Rimetto a posto il telefono. Chiamo di nuovo.

"I carabinieri fateli venire subito."

"No, vogliono parlare con lei perché sono fuori."

"Fateli venire. Per favore, fateli venire."

No, me li passano. Ci parlo, balbetto qualcosa che non ricordo con precisione.

Intanto lui Heddina, grida, chiama, si solleva dal suo dolore, poi si piega di nuovo, si tiene con la mano i testicoli, mi insulta grida il suo sdegno, dice che sono una troia, una puttana, che si vedeva che volevo lui, che non valgo nulla.

Grida ancora che l'ho rovinato.

"Troia, sei una troia!"

"Puttana, maledetta puttana tu volevi succhiami il cazzo."

"Tu volevi il mio cazzo!"

Almeno mi sta alla larga.

Piovono insulti senza fine.

Intanto ricompare uno degli infermieri, quello che stava lavando il pavimento della sala chirurgica, ed inizia a parlargli per distrarlo e farlo stare lontano da me.

"Per favore chiamate il chirurgo, il mio collega."

Finalmente arriva il chirurgo. E resta lì con me, e mi racconta.

Lo conoscevano tutti Heddina, aveva già creato problemi almeno altre 2 volte. La prima volta, ubriaco in pronto soccorso afferrando l'asta di una flebo aveva rotto vetri e recipienti, la seconda volta sempre in pronto soccorso durante un litigio con un suo compaesano del Marocco, gli aveva fratturato un metacarpo.

Finalmente dopo 40 interminabili minuti arrivano i carabinieri.

Heddina immediatamente parla con loro e dice che io l'ho colpito nei testicoli, che non sono degna di lavorare lì, che non merito di fare il medico. Loro ascoltano, scrivono.

"Lei mi ha colpito, lei mi ha aggredito."

I carabinieri vengono da me e mi dicono frasi che ancora mi risuonano nella testa:

"il signor Heddina sostiene che lei lo ha colpito nei testicoli con un calcio, può dirci il motivo?"

E poi ancora

"come mai era da sola in pronto soccorso?"

Ed infine

"perché non è scappata anche lei visti i precedenti del soggetto?"

Ero allibita.

"Ma come vi chiamo io, rischiando di farmi rompere l'osso del collo e voi invece di chiedere a me perché vi ho chiamato chiedete a lui cosa io gli abbia fatto?"

"Ma io come medico, posso lasciare i pazienti in pronto soccorso in balia di questo soggetto?"

"Non gli ho dato un calcio ma una ginocchiata perché era troppo vicino a me, mi era addosso."

Queste sono le frasi che ricordo.

I carabinieri lo hanno portato con sé.

Forse lo hanno arrestato, penso.

Poi alle 3.45 di quella stessa notte l'ambulanza scortata dagli stessi carabinieri conduce un altro paziente, agitato, in preda ad una crisi psicotica grave con la proposta di ricovero della guardia medica per fare un trattamento sanitario obbligatorio (TSO) e ricovero in psichiatria.

Non ci credo: sanno che sono stata aggredita, che qui non c'è la psichiatria...

"Noi non abbiamo la psichiatria, perché lo portano qui?"

Ero sconvolta.

La mattina dopo, tornata a casa non riuscivo a dormire, ero agitata, mi sentivo umiliata ed offesa.

Chiamo il mio primario. Racconto il tutto. Vuole vedermi. Torno in ospedale per parlargli e raccontargli cosa sia successo.

"Non voglio più fare notti con quel personale, sono scappati, voglio che venga mio marito in pronto soccorso, lui non sarebbe scappato."

Il mio primario si arrabbia, va su tutte le furie, mi lancia addosso un cestino di plastica per la raccolta della carta con una forza tale che l'ha rotto a metà:

"mi stai creando problemi, solo problemi."

Torno a casa.

Sono delusa.

Mi sento di merda non c'è un termine che possa esprimere meglio come mi sento.

Devo fare qualche cosa, ma cosa? Guardo sulle pagine gialle e cerco il numero telefonico della Prealpina, un giornale locale, un po' di cronaca, eventi mondani, sportivi e politici, tratta dei piccoli centri attorno a Varese.

Trovo un numero telefonico.

Chiamo. A loro interessa la mia storia. Racconto.

"Non mettete il mio nome per favore."

Lunedì esce in prima pagina la notizia, con richiamo alle due pagine centrali:

"marocchino tenta di violentare dottoressa in pronto soccorso."

Io sono in montagna per 2 giorni. Mi chiamano con insistenza da un numero che non conosco, ma c'è poco campo, non riesco a rispondere, poi mi chiama mia mamma.

"Per favore richiama il maresciallo dei carabinieri con urgenza, ti deve parlare."

Richiamo.

"Deve venire in caserma oggi stesso per fare la denuncia."

"Quale denuncia?"

"Per la violenza subita."

"Non ci penso neanche sono in montagna."

"Abbiamo un problema, grave, non abbiamo tenuto i dati del paziente, deve comunicarceli lei."

Eh sì i carabinieri l'avevano portato a casa, o meglio all'indirizzo che lui aveva indicato, ma non avevano registrato alcun dato ed ora che la stampa locale aveva scatenato la caccia all'uomo, erano in difficoltà.

In ospedale non mi ero fatta fare alcun verbale, che attestasse le ecchimosi che avevo riportato. Avevo lividi al fianco destro, all'emivolto sinistro, al collo, ed una piccola ferita labbro inferiore. E poi c'era il cartellino rotto a metà di netto che aveva protetto la mia mammella sinistra.

Per Heddina avevo compilato, a mano, solo la registrazione della prestazione per la gonalgia, non aveva documenti, sapevo solo come si chiamava, Heddina ed aveva 33 anni.

Di notte non c'è triage in quel piccolo ospedale, fa tutto il medico.

Heddina è morto 8 anni dopo questo fatto, stava fuggendo di notte, dopo aver commesso un furto in una ditta, era scattato l'allarme, ha scavalcato un muretto di 3 metri, non aveva considerato il dislivello del terreno, dall'altra parte non c'erano 3 metri di prato, ma il vuoto, un salto di almeno 7 metri sul cemento. È rimasto lì per ore in agonia. L'hanno trovato all'alba gli operai quando sono andati al lavoro.

Nel raccontare quell'episodio alla mia platea di Bergamo ho cercato di dare una spiegazione sul perché Heddina si sia precipitato su di me facendo l'elenco dei miei errori.

Ho chiuso la porta troppo bruscamente, ho liberato il tavolo troppo velocemente, ho disteso il braccio in modo da indirizzarlo in modo troppo deciso, c'era la luce troppo soffusa…e poi eravamo soli, fatto che lui ha frainteso, avrei dovuto chiamare un infermiere durante la visita, ma non c'è stato il tempo. L'infermiere c'era ma stava pulendo i pavimenti.

Ha frainteso il fatto di liberare il tavolo: ha pensato che volessi preparare un talamo per il coito, del resto lui era pronto pantaloni abbassati, io questo non l'avevo considerato.

Queste osservazioni che erano in linea con l'interrogatorio che ho subito dai carabinieri quella sera stessa, hanno fatto andare su tutte le furie le donne della platea di Bergamo tra cui in particolare tre professioniste: una avvocatessa, una counselor ed una assistente sociale. Queste hanno riconosciuto nel mio comportamento la struttura vittimologica da manuale di cui abbiamo già discusso in precedenza.

Il giorno dopo

Nelle donne, ma anche negli adolescenti e negli uomini che hanno subito violenza permangono per mesi o anche anni, alcuni disturbi se non vere e proprie patologie quali ad esempio:

- il disturbo post-traumatico da stress,

- la depressione cronica,

- i disturbi del sonno,

- e il 50% delle vittime ha difficoltà sessuali per 15-30 mesi.

In minore misura si segnalano anche altri disturbi quali:

- tendenza a diffidare ed ad evitare gli uomini/donne, a seconda del genere dell'offender,

- disturbi sessuali e conflitti coniugali,

- fobie persistenti,

- difficoltà emotive suscitate da stimoli che rievocano gli eventi del trauma,

- ansia per i controlli ginecologici/andrologici/rettali che vengono sistematicamente evitati,

- suicidio o tentativo di suicidio per senso di colpa e depressione, ed aumentato rischio suicidario.

L'abuso sessuale determina sempre alterazioni, circa il rapporto con il proprio corpo, con l'autostima, e con il corpo degli altri.

Disturbi di personalità

Le vittime dell'abuso, specie se iniziato in giovanissima età, mettono in atto meccanismi arcaici di difesa come la negazione, la rimozione, l'identificazione con l'aggressore, la scissione e l'idealizzazione dell'abusante. Questi meccanismi psicopatologici possono portare la vittima innanzitutto a non ricordare, nemmeno se aiutata.

Tanto più precocemente avviene l'abuso tanto più risulta compromesso il normale sviluppo del bambino come la formazione del legame di attaccamento, la regolazione affettiva, lo sviluppo dell'autostima e le relazioni con i coetanei.

In età adulta possono aversi disturbi di personalità o disturbi relazionali, sentimenti di paura e di ostilità nei confronti delle figure parentali, diffidenza nei confronti di altri adulti e dei partners.

Talvolta ci possono essere alterazioni pervasive dell'io con senso di vuoto, senso di inutilità della propria esistenza, senso di colpa e vergogna pervasiva, sensazione di non essere amati, sentimenti di rifiuto cronico.

Incapacità a vedere l'interessamento e l'amore degli altri nei nostro confronti. Fraintendimento costante sulle intenzioni degli altri dei possibili pretendenti.

Oppure alterate percezioni del proprio corpo sensazione di essere grassi e brutti. Dismorfofobie: vedere ingigantiti i propri reali o presunti difetti fisici, riguardo al naso per esempio che viene percepito troppo grande o di forma non adeguata anche quando secondo i comuni canoni di bellezza ciò non corrisponde al vero.

Oppure incapacità ad opporsi ed accettazione passiva della aggressività degli altri, incapacità a reagire e a ribellarsi, sensazione di fallimento, tristezza, insoddisfazione cronica.

Si potrà manifestare un disturbo dipendente: un comportamento di dipendenza, tratti di personalità dipendente, dipendenza da sostanze, da alcol, droghe; condotte auto lesive fino al suicidio.

Disfunzioni sessuali

Le manifestazioni più pesanti riguardano il campo sessuale, i comportamenti evitanti: difficoltà a toccarsi parti del corpo, non voler praticare sport per non voler utilizzare docce comuni, voler evitare rapporti sessuali, assenza di piacere nell'attività sessuale, sessuofobia, fastidio nell'essere toccati, dispareunia, frigidità, vaginismo, impotenza psicogena.

Oppure possiamo avere comportamenti ricercanti: masturbazione compulsiva, promiscuità sessuale, partners diversi, masochismo, sessualizzazione di qualsiasi rapporto.

La sofferenza può essere ricelebrata e rivissuta ad ogni rapporto sessuale, anche con il partner desiderato, talvolta anche con allucinazioni.

Ci possono essere instabilità nelle relazioni coniugali o comunque nelle relazioni di coppia: divorzi, separazioni, tradimenti, infedeltà, abbandoni con percezione negativa della relazione e manie e deliri religiosi.

Chi subisce quotidiana violenza tende ineluttabilmente a scaricare le proprie frustrazioni sui soggetti più deboli che gli sono vicini e che percepisce sotto il proprio dominio e nei casi estremi, a riproporre a propria volta i comportamenti abusanti.

Questo può valere per i figli che possono subire dalle madri abusate anche semplicemente una violenza verbale.

Il disturbo post traumatico da stress

Nell'adulto e nel fanciullo abusato può manifestarsi un disturbo post traumatico da stress che comprende: difficoltà a concentrarsi, attacchi di panico, difficoltà a portare a termine un compito, stato di allerta, crisi d'ansia.

In altri casi si possono manifestare disturbi psicosomatici non facilmente riconducibili all'abuso, come difficoltà respiratorie, disturbi del sonno, epigastralgie, vertigine, nausea, dolori migranti, toracoalgie, palpitazioni, parestesie agli arti, cefalea, ansia, depressione, agorafobia; oppure pensieri ricorrenti relativi alla propria morte o alla morte dei propri cari.

La resilienza

Non tutti coloro che subiscono violenza divengono violentatori, si parla infatti di resilienza che è la capacità di mantenere un discreto adattamento anche in condizioni di vita particolarmente sfavorevoli.

I "fattori protettivi" sono la relazione soddisfacente con almeno un componente della famiglia, come la presenza di un fratello, di una nonna, uno zio che sia empatico e contenitivo: oppure una comunità, come una Chiesa o l'oratorio o il gruppo sportivo.

Una amicizia significativa aiuta a superare indenni o quasi qualsiasi disagio o violenza.

Qualsiasi luogo ove sentirsi accolti, ascoltati, supportati nell'avversità aiuta il minore, la persona uomo o donna che sia a superare apparentemente senza danno anche le esperienze più terribili.

La capacità di sdrammatizzare rappresentando, mettendo in scena il nostro stato emotivo, oppure addirittura raccontando con vari mezzi, l'esperienza passata, magari in un gruppo di auto-aiuto, è elemento importante di resilienza.

Utilizzare la rappresentazione teatrale, o qualsiasi altra modalità per mettere in scena l'evento che c'è capitato, è elemento terapeutico di resilienza.

Indicatori di abuso sessuale

In molte forme di abuso sessuale non ci sono segni da rilevare. Nell'abuso su minori anche in presenza di segni fisici non si ha la certezza che il bambino abbia subito un abuso, né è possibile in molti casi individuare con precisione le modalità messe in atto dall'abusante.

Abusi sessuali compiuti in modo meno violento, con "delicatezza", magari utilizzando lubrificanti, non lasciano segni fisici evidenti. Può comparire nelle sedi interessate soltanto un leggero arrossamento che scompare rapidamente. Al contrario i segni di penetrazioni attuate con violenza portano a sofferenze e sanguinamenti.

Nei bambini molto piccoli i segni abbastanza tipici degli atti di libidine ripetuti sono costituiti da circoli vascolari piuttosto intensi riscontrabili all'ispezione dei genitali.

Nessun segnale considerato isolatamente consente la diagnosi, ma il complesso degli indicatori va contestualizzato.

Indicatori più certi sono i graffi nelle zona genitale, corpi estranei nel retto o in vagina, tracce di liquido seminale, infezioni trasmissibili sessualmente, gravidanze in adolescenza.

Nei bambini con meno di 6 anni si potranno avere disturbi del sonno, cefalea, esplosioni di pianto immotivate, alterazioni delle condotta alimentare, rifiuto a spogliarsi, crisi di rabbia, mutismo improvviso, autolesionismo, isolamento, comportamento sessualizzato, ostentazione del corpo nudo in situazioni inappropriate, masturbazione compulsiva.

Non esistono però segni patognomonici di abuso sessuale.

Tipologie di offender

La classificazione dei violentatori non è semplice anche perché deve tener conto del numero oscuro, una cosa sono i crimini denunciati, altra difficoltà è cercare di mettere insieme numero oscuro e dati ufficiali.

1.   Abusante sessuale latente, uomo o donna di età variabile, sofferente, in preda -specie se scoperta- a senso di colpa e sentimenti di vergogna, si trova ad avere fantasie erotiche anche con bambini.

Alimenta questa tendenza frequentando siti internet per pedofili, colleziona immagini pedopornografiche. Oppure frequenta siti che mostrano scene di sesso violento. Presenta un passato di abuso. Potrebbe non commettere mai alcun reato salvo la detenzione di immagini pedopornografiche. Vive molto male questa condizione, ma non riesce a chiedere aiuto. Queste individui possono essere individuati ed intercettati in corso di indagini sulla pedo-pornografica.

2.   Abusanti sessuali occasionali, agiscono la pedofilia e l'abuso sessuale solo occasionalmente per esempio nel turismo sessuale, in occasione di feste, spettacoli privati, tipo bunga bunga, festini con escort. Non presentano storie personale di abuso. Si dedicano a esperienze sessuali trasgressive *dimenticando* le norme morali e giuridiche della comunità di appartenenza. Hanno età più che matura.

3.   Abusante sessuale dalla personalità immatura. Si tratta di uomini e donne abusanti di bambini molto piccoli, di solito dei propri figli, o nipoti, con cui instaurano un legame molto stretto.

Le donne di questa categoria in altre classificazioni vengono definite dedite *"all'incesto materno neonatale"*. Presentano storie personali di abuso fisico, emotivo e sessuale, non hanno intenti negativi, ma senza avvedersene presentano una forte sessualizzazione delle relazioni, desiderano mostrare il proprio amore in modo "globale".

Il legame coi piccoli è fusionale, ed i bambini non si ribellano considerando il rapporto *normale*. Le figlie dormono ed hanno rapporti completi con il padre da cui possono anche avere figli. La ribellione delle figlie può avvenire solo in età adulta e solo grandi sforzi.

In queste famiglie è abituale la promiscuità sessuale, vi è un costante mancato rispetto dei limiti e della privacy del figlio, di cui non viene rispettato lo spazio intimo.

La figure paterna/materna non abusante, se è presente nel gruppo famigliare è sicuramente inadeguata, incapace, o assente, o con tratti passivo/aggressivi, non è in grado di vedere il rapporto patologico né di sostenere in alcun modo il figlio contro il partner abusante.

Più spesso l'abusante sessuale dalla personalità immatura è single e se ha famiglia è costituita da un solo figlio/figlia di cui abusa.

4.   Abusante regressiva a seguito di un evento traumatico. Generalmente un evento traumatico determina una regressione dell'affettività che viene rivolta a persone parecchio più giovani, di solito adolescenti. Corrisponde alla *"nave scuola"* delle classificazioni precedenti, o anche definita *insegnante/amante*. Coltiva vere e proprie relazioni con adolescenti di cui si dichiara innamorata. Queste persone, generalmente donne, presentano storie personali di abuso fisico, emotivo e sessuale. Non sono mai sadiche né violente, si si definiscono innamorate sinceramente, vivono la relazione come fosse una storia d'amore. Non tengono conto però del punto di vista della vittima che di solito non ricambia l'amore.

5.   Abusante sadico-aggressivo. Questi individui (uomini o donne) presentano un profilo antisociale, feriscono ed umiliano la vittima sottomettendola. Il comportamento sadico nasconde la propria enorme fragilità. Di solito hanno storia di abusi che perpetuano. La madre o il padre può offrire la figlia, considerata oggetto sessuale, al partner o ad un parente. Il figlio/figlia sono merce di scambio, dal cui abuso ricavare denaro o favori.

Questo è lo stereotipo dell'offender nell'immaginario comune.

6.   Abusante omosessuale. Si tratta di omosessuali, uomini o donne, che abusano solo di bambini con cui si identificano. Di solito nella infanzia sono state abusate dalla propria madre o da qualche parente donna care-giver se bambina, dal padre o da qualche parente uomo se bambino.

Questa classificazione è funzionale poiché riesce a comprendere oltre i ¾ degli abusi denunciati e i ¾ del numero oscuro. Non è però una classificazione semplice da applicare nei casi denunciati che appartengono quasi tutti al gruppo abusante sadico-aggressivo.

Abuso sessuale minore

Esiste un *"abuso minore"* non definito nelle classificazioni precedenti, perché non costituisce reato, difficile da dimostrare ma per il semplice fatto di riguardare la sfera sessuale merita attenzione. È un abuso agito nelle famiglie patologiche e determina comunque sempre severe alterazioni nella vittima e grande disagio psicologico. Le situazioni di abuso minore sono riportate di seguito.

1.   Situazioni di ipercontrollo da parte dei genitori, in particolare la madre, sulla sessualità dei figli. La madre controlla la vita, gli spostamenti, le azioni del figlio per desiderio di vicinanza, mancanza dei limiti del sé. Il controllo

si estende anche sulla sessualità del figlio: per esempio impedisce o comunque interviene nella masturbazione fisiologica del figlio, spiando e non rispettandone lo spazio intimo. Ne fa riferimento, ne parla in pubblico, ne ride.

2.   Svalutazione della sessualità del figlio, la madre irride e commenta a sproposito la sessualità del figlio. Oppure in un'età prescolare veste il figlio in modo inappropriato socialmente, e al genere di appartenenza. Questi atteggiamenti mettono in imbarazzo il figlio pubblicamente, ne determinano una profonda ferita narcisistica, un grande senso di inadeguatezza, con un rifiuto della propria sessualità o al contrario una promiscuità sessuale per tentativo di rivincita, desiderio di conferme sulla propria sessualità. Il padre fa apprezzamenti sulla genitalità del figlio in modo svilente, magari in pubblico, fa riferimento alla scarsa prestanza, all'erezione, alla sua masturbazione o fa confronti con la propria genitalità e prestanza.

3.   La madre si propone come "partner sessuale" senza giungere a nessun tipo di abuso fisico ma compiendo solo una sorta di seduzione. Generalmente si tratta di madri single, che utilizzano il figlio come sostituto del partner che non hanno o che hanno rifiutato. Questo potrà comportare distorsione della sessualità del figlio, simbiosi e comportamenti fusionali con la madre. Questo vale anche per le bimbe cresciute da padri single che pretendono che la figlia appaghi ogni appetito ed esigenza all'interno della famiglia.

4.   La cosiddetta famiglia "porte aperte" ove padre e madre ostentano la propria attività sessuale di fronte ai figli.

Oppure la madre con padre assente, pratica od ostenta attività sessuale con altri uomini. La madre non considera abusante tale comportamento. Nella madre non vi è alcuna consapevolezza dell'abuso agito verso il figlio e non avrà verso di lui empatia. Questi atteggiamenti determineranno senso di vuoto, senso di colpa pervasivo, alterazioni della sessualità.

Oppure il padre si sente autorizzato ad agire in modo aperto ed esplicito la propria libertà sessuale i presenza di moglie e figli.

Esperienze pedofile sono state descritte in tutti i Paesi ed in tutti i ceti sociali, riguardano uomini e donne di ogni classe sociale, occupazione, stato civile. L'abuso può avvenire ovunque spesso intra famigliare, in tal caso si può parlare di incesto, ma anche qualsiasi altro luogo ove vi siano bambini: asili, comunità, oratori, scuole, luoghi di villeggiatura. Di solito i pedofili presentano una facciata di rispettabilità.

Spesso esiste una relazione di parentela tra abusanti e vittime: il padre e la madre 61%, il patrigno e la matrigna 7%, lo zio e la zia 4%, i nonni 7%, la baby sitter 15%, un'insegnante nel 5%, sacerdote o suora 1%, il fratello o la sorella 0,1%.

Circa l'adescamento della vittima ci sono caratteristiche ricorrenti e distintive: fare regali o dare attenzioni eccessive col fine di raggiungere l'intimità sessuale, fornire aiuto con lo scopo di stabilire un rapporto, manipolare con le minacce, con la forza, o l'autorità.

Ancora fingere di esporre accidentalmente il bambino alla nudità o a materie sessuali o ad atti sessuali: l'intento di queste manifestazioni è quello di far passare il messaggio che il sesso tra adulti e bambini è normale.

Favorire il contatto fisico sessualizzato per esempio con la lotta, con carezze, o con il solletico inadeguato. Arrivare a baciare il bambino in modo sessualizzato.

Abbassare le mutandine o il costume al bambino senza permesso e soprattutto senza motivo. Eseguire clisteri o ispezioni genitali per motivi di salute non reali.

Entrare in bagno senza bussare invadendo la privacy del bambino come fosse la norma. Instaurare rapporti inappropriati per età e ruolo come ad esempio parlare al bambino dei propri problemi sessuali. Mostrare eccessivo interesse verso lo sviluppo fisico e sessuale del bambino. Indugiare con lo sguardo verso le parti intime del bambino.

Dal principio

La prima volta avevo 16 anni, non ero mai stata toccata da nessun uomo, era il papà di un mio compagno di classe delle elementari e conoscente di famiglia. Mia mamma si era accordata per mandarmi con lui che aveva la possibilità di fare la spesa all'ingrosso, dovevamo acquistare generi di prima necessità a buon mercato. Lo conoscevo poco, era la seconda volta a distanza di poco più di un mese, che andavo in auto con lui, sempre per lo stesso motivo, in quel magazzino.

Noi avevamo pochi soldi, mio papà aveva perso il lavoro perché la ditta, una tessitura dove lavorava come operaio, era fallita. Noi abitavamo in un appartamento che era di proprietà della ditta per cui niente lavoro e niente casa contemporaneamente, 4 figli tutti minori. Mia madre casalinga.

Quest'uomo sembrava una brava persona. Mi guardava quando passavo davanti a casa sua a piedi per andare all'oratorio o a messa, mi salutava, sempre gentile, sempre educato. Ricordo che mi aveva sorpreso il fatto che conoscesse tutti i miei vestiti: gli piaceva un completo in maglia che mi aveva cucito mia zia e poi un vestito azzurro. Mi chiamava angelo azzurro.

Questo fatto mi aveva impensierito un po'…ma suo figlio aveva la mia età, lui aveva l'età di mia mamma, lui poteva essere mio papà. Era solo più gentile di mio papà, mai arrabbiato, mai collerico, sempre sorridente, gentile educato, mai una volgarità, mai una parolaccia.

La macchina era un furgone grigio: non ricordo cosa sia successo dentro, ma era viscido, grasso, senza denti o con pochi denti, parlava un po' sbiascicato, basso di statura, ma con una grande pancia, molle, flaccida...non aveva la barba, era liscio ed odorava di dopobarba, forse è da allora che mi danno repulsione gli uomini senza barba, gli uomini rasati che odorano di dopobarba, al contatto mi danno la nausea...poi siccome piangevo mi ha regalato un costume da bagno bello, rosso con un fermaglio dorato.

La vita è strana. Quando anni dopo sono diventata medico in uno dei miei primi lavori ho fatto sostituzioni di medico di base e mi giunge in ambulatorio una povera signora vestita di nero depressa che piange, inconsolabile, la morte del figlio, precipitato in montagna mentre faceva alpinismo. Anche suo marito era morto, da poche settimane, per un infarto miocardico, non reggendo il dolore della morte del figlio, del suo unico figlio. Era rimasta sola. Al momento non avevo compreso che si trattava di "quella famiglia" perché il cognome della signora era ovviamente differente da quello del marito.

Poi ho compreso.

Mi trovavo a consolare proprio la moglie dell'uomo che mi aveva abusato. Allora ero molto più giovane, ingenua ed illusa, oggi avrei detto alla signora quello che ripeto spesso: "per le donne la vedovanza è un dono, è una seconda opportunità che la vita ci offre, sfruttiamola, viviamola in pienezza". Allora ho pianto con lei lacrime sincere per motivi differenti.

Ringrazio la vita di avermi offerto questa opportunità.

Trent'anni

La violenza subita da adulta, "da grande" è avvenuta nel 1994 avevo appena vinto un incarico in psichiatria, come medico psichiatra, e mi hanno destinato ad un centro psico-sociale poco lontana da casa. Mamma da poco, il mio secondo figlio era nato da un mese circa, era il 22 dicembre...

"Oggi facciamo la supervisione con un professore che viene da una importante città del centro Italia proprio per noi."

Mi dice il mio aiuto anziano, mio diretto superiore...

"Va bene ho un appuntamento con un paziente alle 15.30, una prima visita per *presa in carico*. Dovevo vedere un paziente con storia di depressione, matrimonio rovinato, due figli che la moglie non gli concede di vedere che nelle feste comandate, lui manesco, lei molto legata alla famiglia d'origine..."

"Ma per quell'ora avremo finito."

Effettivamente alle 15.30 ho ricevuto il mio paziente come nulla fosse accaduto, dopo essermi rivestita e lavata, ed era un caso che ricordo tutt'ora, con un po' di malinconia...

La supervisione "gestaltica" avveniva ogni 6 mesi ed era un'occasione importante. La Gestalt è una corrente di pensiero tedesca che pone l'accento sulla consapevolezza del contatto, sulla consapevolezza di ciò che noi, con la postura del nostro corpo in modo inconsapevole, esprimiamo.

Tutto bene, chiaro, condivisibile fino alle 13.30, quando, ripartito per la sua bella città, il supervisore, nella pausa pranzo, le infermiere si sono scatenate nella rappresentazione e messa in atto di ciò secondo la loro libera interpretazione avevamo appena appreso... Musica a manetta, danze erotiche con oggetti di varia natura, e quello che io non potevo immaginare, iniziazione per me e per la giovane assistente sociale, anche lei neoassunta.

Hanno incominciato a baciarci, a toccarci, a palparci nelle parti intime, sul seno e sotto la gonna.

Lui, il mio capo, il mio diretto superiore, unico altro medico presente, era lì che si godeva lo spettacolo: seduto al tavolo con le mani appoggiate sotto il mento. Poi quando l'atmosfera si è fatta più calda ha partecipato ma in un po' in disparte con la caposala, solo loro due.

La giovane assistente sociale troppo rigida e precisa per quel clima, non ha retto, era nervosa, stizzita, ha avuto una crisi isterica ha gridato, ha pianto, è fuggita a casa, nei giorni successivi non si è presentata al lavoro, credo in relazione all'episodio.

Io ho deciso di restare.

"Per farle smettere devo essere peggio di loro, ci sarà un limite che loro stesse, branco di oche stupide ignoranti ed assatanate, avranno il pudore di non voler superare!?"

Ricordo i miei pensieri di quei momenti, le loro risate, che a volte ancora sogno di notte, i loro baci.

La gonna che indossavo lunga a mezzo polpaccio e larga, a disegni indiani grigi e bordeaux, si prestava ad essere sollevata creava un vedo e non vedo. Le loro mani, numerose, piccole, lisce e veloci, esperte, mi palpavano, massaggiavano, invadevano. Avevo grandi e turgide mammelle perché allattavo, ma ero magra e giovane. Ho chiuso gli occhi appoggiato il dorso alla colonna di cemento, del sottotetto, ho pensato:

"devi essere peggio di loro, non lasciarti sopraffare, ci deve essere un modo per fermarle che non sia mettersi a starnazzare."

E infatti si sono fermate.

Mi sono rivestita, lavata, ed alle 15.30 precise ho ricevuto il mio paziente. Tra 3 giorni sarebbe stato natale e dovevo comperare ancora alcuni regali per i miei figli e mio marito.

Per almeno 3 anni non sono riuscita a parlarne con alcuno, per alcuni anni ho pensato di essere lesbica, che forse il fatto di non essermi mai innamorata di una donna era dovuto solo ai condizionamenti culturali.

Comunque anche grazie a questa esperienza ho affrontato gli studi sulla sessualità, sull'orientamento sessuale da cui sono scaturiti i saggi relativi che con la mia equipe, abbiamo pubblicato.

Ho lasciato la psichiatria come professione, non come passione. Non appena ho vinto la borsa di studio per l'Ospedale San Raffaele di Milano, in pneumologia, mi sono licenziata dal centro psico-sociale.

Non ho più rivisto nessuna delle infermiere né ho rivisto il mio ex capo, che, per dovere di cronaca, poi è diventato primario....

Nicola

Nonostante tutto lavorare in pronto soccorso mi è sempre piaciuto. Sono diventata più prudente o almeno così credevo.

Nel 2009 decidiamo, il mio solito amico ed io, di accettare l'incarico presso un pronto soccorso di una clinica privata, recentemente inaugurato, è vicino a Milano, ha almeno in linea di principio, risorse infinite, vedi di tutto, e lo stipendio è buono, migliore di altri. Primavera, aprile credo, martedì mattina attorno alle 10.

Nicola un paziente di 40 anni, con gravi problemi psichiatrici seguito dal CPS, etilista viene condotto in pronto soccorso, per malessere, è noto a tutti come persona violenta. Le sale sono tutte piene, ci sono almeno 12 pazienti, nella sala d'aspetto i relativi parenti.

Nicola si agita, afferra l'asta della flebo e la lancia contro una porta, grida, impreca, vuole un calmante, vuole il valium, il roipnol, vuole le gocce…nessuno si avvicina, chiamiamo i carabinieri, chiamiamo lo psichiatra.

Il primario non vuole cattiva pubblicità, abbiamo appena aperto, niente carabinieri.

"Portalo fuori tu…sei una donna ti seguirà!"

Offro a Nicola un caffè alla macchinetta. Mi segue. Penso tra me e me "non mi lasceranno sola con lui?"

Ho paura. Lo tengo alla larga, non gli do corda. Inizia a farmi complimenti, indosso la solita divisa: pantaloni bianchi, casacca azzurra, calzine antistupro, camice, cartellino.

Si avvicina, vuole baciarmi, lo allontano, mi tiene per la manica del camice, mi tocca il collo poi una mammella, lo allontano, la saletta è stata evacuata, e poi chiusa per evitare che i pazienti ed i parenti, siano coinvolti.

"Arriverà qualcuno a salvarmi? Sono in trappola."

Mi hanno letteralmente chiuso lì con lui. La porta verso l'esterno era aperta, comunicava con gli scantinati, ma c'era una scala di servizio in cemento grezzo con gli scolatoi per la pioggia, dove andavano i fumatori a frasi una sigaretta, non sapevo dove conducesse.

Lo invito a sedersi lì e a raccontarmi la sua storia, dove vivi, con chi, hai una madre, hai dei figli.

Parla ma non riesco ad ascoltarlo.

Ho troppa paura. Non deve vedere che ho paura.

Mi tocca le mammelle, il collo, le braccia, mi bacia le spalle, puzza di alcol. Beve il suo caffè gli offro anche un cappuccino. Finalmente aprono la porta del pronto soccorso e posso fuggire, lui si è assopito sulla sedia, viene lasciato lì con la porta aperta verso l'esterno e quella verso l'interno chiusa a chiave. Se ne andrà dopo 2 ore circa.

In questo episodio non ho da rimproverarmi nulla. Cosa potevo fare?

Si dovevano chiamare i carabinieri…

Shrek

Lasciato il pronto soccorso, per 5 anni mi sono dedicata alla cura dei malati terminali. Il direttore generale dell'hospice, una persona veramente ingombrante, narcisista, con una pessima fama, una sorta di *cinghialone imbarazzante* molto determinato, intelligente e politicamente forte mi ha chiamato per lavorare con lui e dirigere l'hospice. Ci ho pensato per 3 mesi prima di accettare la sfida. Sì perché se è vero che sapevo poco di cure palliative, conoscevo fin troppo bene la sua pessima fama.

Misogino, prepotente ma molto determinato a far funzionale le cose.

Proviamo stiamo sull'oggetto, manteniamo le distanze e può essere una bella esperienza.

E ce l'abbiamo fatta. L'hospice è accreditato, funziona bene. Il lavoro è appassionate, dal punto di vista tecnico stimolante, sul piano umano coinvolgente.

Mi ha rispettato, e forse un po' temuto, per 4 anni.

Durante i mesi estivi, una Università straniera ci chiede di ospitare gli studenti di infermieristica per svolgere, nel reparto di cure palliative del nostro Hospice, il tirocinio. Partecipo attivamente al progetto, gli studenti li conosco tutti, io insegno in quella Università, ripongono molte speranze in questa esperienza, alcuni di loro per pagarsi il viaggio in Italia hanno lavorato per 3 anni tutti i sabati e le domeniche, come baristi o lavapiatti.

Shrek a questo punto si sentiva in credito nei miei confronti, non che l'esperienza rappresentasse una spesa per l'Hospice anzi gli studenti erano stati inseriti nei turni. I ragazzi alloggiavano nella comunità minori dove c'erano molti posti letto liberi ed erano accompagnati dalle suore di santa Giovanna Antida, e forse questo fatto ha scatenato la fantasia di lui.

Un pomeriggio del luglio 2009 mia ha chiamato nel suo studio, una specie di alcova dove riceveva anche le sue amichette, dormiva, beveva, mangiava di continuo.

Una scusa che non ricordo. Poi dopo 10 minuti, altra scusa, poi dopo 10 minuti altra scusa.

Voglio andarmene via.

Aveva bevuto, mi ha invitato a bere, io non bevo, ha cercato di baciarmi.

"Tu mi devi essere grata, ti ho fatto fare il primario."

"Ho ospitato i tuoi ragazzi,"

"Ti penso, ti sogno, stasera ti vestirai da suora e sull'altare della chiesa io ti penetrerò con la croce."

Intanto si masturbava strusciandosi contro di me.

"Se non sarai accondiscendente e riconoscente con me li mando via domani stesso."

Ero impietrita, lui ha iniziato a bestemmiare. Ero molto in conflitto. Come dovevo comportarmi? Cosa dovevo dire?

Di questo episodio non ne ho mai parlato con alcuno. Non sono andata di notte con lui.

Sono stata licenziata nel novembre 2009. Evitiamo i particolari troppo lunghi e davvero prostranti che ne sono seguiti a colpi di denunce e rivendicazioni legali.

Dottor Calistenis

Ultimo episodio 17 maggio 2012 anzi 16 sera, pronto soccorso di un piccolo ospedale pubblico, 112 posti letto. Piove, un temporale con grandi scrosci, vado a prendere le consegne dal mio collega, che è anche il primario del pronto soccorso, è alla vigilia della pensione, il 6 giugno sarà il suo ultimo giorno di lavoro, mi chiama nello studio, deve mostrarmi i turni di giugno, intanto vedo la mia infermiera in cucina, rossa in volto e sudata.

"Vieni qui ti mostro una cosa"

e mi invita ad entrare nello studio, mi mostra i turni, guardo i turni, lui chiude a chiave la porta…

"Perché chiudi la porta?"

"Ti devo parlare."

Ero tornata da soli 4 giorni da una vacanza in Egitto. A Sharm avevo contratto la ciguatera una intossicazione alimentare da pesce di barriera, i pesci di barriera possono contenere una neurotossina in quantità tanto maggiore quanto più hanno vissuto, quindi più grandi sono più neurotossina, andrebbero trattati nell'abbattitore…io non lo sapevo. Avevo scelto un pesce grosso e bello da consumare crudo. Gli altri della compagnia avevano avuto problemi digestivi vomito e diarrea, io malauguratamente no, avevo assorbito tutta quanta la tossina.

Sentivo dolori urenti ai piedi, alla pelle dell'addome e del torace, alle mani. Indossavo una tuta larga di almeno 1 taglia in più, perché anche gli abiti con il loro peso ed attrito mi causavano dolore. Non riuscivo a riposare. Non potevo darmi malata perché essendo appena tornata dalle vacanze mi pareva di fare un affronto ai miei colleghi.

Non mi ero ancora "cambiata" ossia non avevo ancora indossata la divisa, avevo scarpe da ginnastica e calzine bianche "antistupro".

Senza alcuna avvisaglia mi abbassa i pantaloni della tuta e gli slip, mi spinge contro il lettino, e mi penetra velocissimo da dietro: evidentemente si era già spogliato, mentre guardavo i turni. Mi sono divincolata ma mi teneva strettissima con tutte e due le mani.

Ho sentito odore di sperma.

Io piangevo.

Dicevo di non farlo, gridavo ma pioveva forte, c'era il temporale, e sulla struttura prefabbricata con il tetto in metallo, la grandine fa un rumore assordante.

"Lasciami, non voglio, smettila, lasciami stare."

Nessuno poteva sentirmi. Nessun dolore. È durato meno di un minuto.

E ancora velocissimo si è vestito.

"È solo una visita, sono un medico. È come una visita. Considerala una visita,"

Poi è uscito lasciandomi lì che piangevo.

Mi lavo.

Non c'è sangue: neppure in globulo rosso. Solo sperma, un forte odore di sperma. Butto via i vestiti e resto in divisa. Butto gli slip nella pattumiera. Prendo il preparato per l'igiene delle mani e mi disinfetto.

Uscita dallo studio medico vedo l'infermiera:

"si è quasi masturbato strofinandosi su di me, era *davvero fuori*."

Quella notte ho lavorato, come nulla fosse. E alla mattina, prima di smontare notte, ho anche dovuto fare un ricovero extra, di un paziente particolare, un pastore protestante che mi era stato inviato dal mio solito amico e collega.

Nei giorni successivi stavo malissimo, ho avuto la febbre e mi si è manifestato un herpes zoster addominale.

Il mio pensiero andava a quella sera, perché non mi ero accorta delle sue intenzioni? Non avevo sospettato di nulla.

Potevo essere in gravidanza.

Non l'avevo detto ancora a nessuno.

E se fossi restata in gravidanza? E se fosse stato un maschio? E se gli fosse somigliante? E se guardando il bimbo avuto da lui mi sarei ricordata ogni volta della violenza? L'avrei amato comunque?

Non sono rimasta in gravidanza.

Alle infermiere del pronto soccorso lui ha raccontato l'accaduto specificando che io sarei stata consenziente, anzi ero io ad aver chiesto di fare sesso con lui.

Lui però ha l'epatite C e non ha usato il preservativo, per esempio.

Io avevo la ciguatera ed anche immaginando che io fossi innamorata di lui e volessi fare sesso con lui, cosa che non è, ma pensiamo per assurdo che io gli abbia dato segnali equivocabili quella sera mai e poi mai avrei desiderato avere rapporti sessuali con alcuno.

Lui ha raccontato ancora e si è vantato delle sue conquiste con altri colleghi, e forse con il mio primario che ha saputo.

"Denuncialo."

Non lo so. Non so dire perché non l'ho denunciato.

"Se non lo denunci è perché non puoi sostenere che è stato uno stupro, ti è piaciuto e anche tu volevi fare sesso."

Non volevo più sentirne parlare.

Il mio primario mi ha costretta invece a parlarne con lo psicologo.

"Non posso tacere eravate entrambi in servizio."

Colloqui organizzati con lo psicologo dell'ospedale, per aiutarmi a superare lo stress.

Con molta diffidenza e non pochi pregiudizi, vado dallo psicologo. Mi ascolta paziente. Mi parla è calmo e gentile.

"Considerala come una indigestione, ti fa stare male ma puoi liberartene facilmente."

"Usa un digestivo o un lassativo e liberatene."

Almeno non ha dubitato che io fossi consenziente o almeno con me non ha mostrato di mettere in dubbio il mio punto di vista, e di questo gli sono immensamente grata. Mi ha ascoltato senza giudicarmi. Mi ha consigliato il nome di una sua collega specializzata in questo tipo di problemi, a cui rivolgermi se avessi avuto difficoltà a superare l'evento.

Penosissime invece le occhiate delle infermiere del pronto soccorso, in special modo di quella sul cui corpo quella sera lui si è strofinato masturbandosi:

"tu eri d'accordo, l'hai voluto tu."

Abusi minori

Accanto alle violenze maggiori fino a qui descritte, ne ho subite anche di minori, più o meno frequenti.

Ricordo in particolare le ultime due. In entrambi i casi sul posto di lavoro, ad opera del datore di lavoro, sono consistite in palpeggiamenti sotto la gonna. Le rispettive mogli erano presenti nello stesso stabile dove è avvenuta la molestia, anche se non vi hanno ovviamente assistito direttamente.

Credo che l'ebbrezza della trasgressione, la paura di essere scoperto alimentasse ancora di più il desiderio della trasgressione stessa. Inoltre la presenza della moglie nello stesso stabile impediva di fatto che io mi ribellassi, protestassi, facessi rumore.

Probabilmente in entrambi i casi il titolare dell'agenzia e datore di lavoro, contava sul fatto che io non ne avrei parlato al mio amico per timore o pudore o paura. In questo modo poteva ottenere i servizi del mio amico per svolgere il lavoro principale, io invece avevo una funzione apparentemente di contorno, di fatto chiedeva sempre la mia presenza con vari pretesti, ma gli servivo invece per il suo divertimento trasgressivo.

In entrambe le circostanze, almeno inizialmente mi sono lasciata molestare pur esplicitando all'offender il mio disagio, per il timore che togliesse il lavoro al mio amico e collega.

E questo, almeno in uno dei due casi, è davvero capitato direttamente correlato alla molestia. Il mio amico pur non disponendo di altra fonte di reddito, per evitarmi i palpeggiamenti ha deciso di rinunciare al lavoro.

Ringrazio chi mi ha aiutato,

chi mi ha ascoltato,

chi mi ha creduto,

chi non mi ha giudicato.

Io non ho ancora la forza di denunciare,

neppure ora lo farei.

Non ho fiducia nella giustizia umana.

Credo invece nella fratellanza nella solidarietà, nello sguardo compassionevole.

Spero che a qualcuno serva leggere come a me è servito scrivere.

22662278R00046

Printed in Great Britain
by Amazon